神探

6

開封大火災

創作繪畫◎余遠鍠
故事文字◎何肇康

編者序

　　闊別一時，包包回來了。過去常有長情讀者問起包包歸期，其實我們亦念茲在茲，一直努力物色合適的作者接手。故事未完，總要把它說下去呀，而且包包一直深受小讀者喜愛，家長歡迎，連老師也推崇備至，銷量亦不俗。念念不忘必有迴響，從第 6 期起，我們會維持以季刊形式出版，已斷市的 1 至 5 期亦會再版推出。是新的相遇，也是久別重逢，包包重現江湖，意味光明和正義，終將到來。

人物介紹

包青天

包拯，以清廉公正聞名於世，被後世稱譽為「包青天」。中國民間信仰傳其為文曲星轉世。善於觀察，長於判案，充滿威嚴，有著過人的計謀和查案能力。

青青姑娘

包拯之女。歌藝出色，心思細密，善解人意。為開封四大捕快所喜，然而她的芳心卻是屬意展昭。

公孫策

包青天的師爺，最信任的助手。尖酸刻薄，愛取笑嘲諷四大捕快。其實內心善良，恨鐵不成鋼。

展昭

大宋最強捕快，御前四品帶刀護衛，全國唯一一個擁有五星護甲的捕快。赤膽忠肝，深得包大人器重，更被皇上御賜「御貓」之名。本來性格豁達開朗，和藹可親，可惜經歷一次生關死劫之後，性情大變，變得沉默寡言，我行我素……

趙虎

開封四大捕快之一。身材魁梧，聲如洪鐘，力大無窮，擅長各門各派的功夫。性格衝動莽撞，非常重情義。

馬漢

開封四大捕快之一。身藏非凡的輕功，身手敏捷，靜若處子，動若脫兔，善於追捕犯人。

王朝

開封四大捕快之首。有著非常厲害的易容技術，經常憑此潛入敵陣，索取重要情報和破案。性格平易近人，充滿正義感。做事冷靜，傾向用計謀解決問題，不會隨便硬碰。

張龍

開封四大捕快之一。出水能跳，入水能游，善於水性，有一身好水功，在水中游移如靈蛇閃現，水戰中幾乎必能捉住敵人。個性自信，喜我行我素。

目錄

序章・起源之火

　　皎潔的明月，輕輕灑下一縷月光，照亮了深夜的開封城。

　　在**公正無私**、**斷案如神**的包青天管治下，百姓每晚都能高枕無憂。

　　這一晚，看似寧靜又安全。

　　然而——

轟！

　　隨著一聲巨響，開封城南區的建築群之間，忽然火光熊熊，濃煙直奔天際！

「噹！噹！噹！」

　　望火樓上響起銅鑼警報，震天價響，把附近居民吵醒了。他們慌張起來，打開窗戶查看嘈吵聲來源時——

　　一支策馬跑著的隊伍呼嘯而過，刮起一陣風，勇往直前地衝向火災地點……

他們就是開封城**潛火隊**！

領頭的人——潛火隊隊長黃起，長得魁梧健碩，一身橫練的肌肉，臉上**全無懼色**……

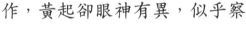

潛火隊來到那棟燃燒著的屋外，黃起立即與副手大興及司徒萃，開始指揮潛火兵準備滅火工具。

部下們熟練認真地開始工作，黃起卻眼神有異，似乎察覺到了甚麼……

然後，他當機立斷披上火背心——

「大興、阿萃，你們繼續指揮救災！」黃起一邊說著，一邊抽出放在馬鞍上的大斧。

黃起大斧一揮劈開大門，隻身衝進了燒得通紅的火場裡！

如此**不要命**的舉動，使圍觀的百姓嘩然；可是，大興和阿萃卻不以為意。

「哦？隊長又衝進去了嗎？」

阿萃提起唧筒，從水筒開始吸水。

「裡面有人吧？」大興也把麻搭擱在肩上，一副**整裝待發**的模樣。

「你怎麼知道？」

「這裡是七慶樓呀，裡面有留宿的店小二吧。」大興指向火場門前，那個燒得通紅的招牌⋯⋯

「管他七慶樓八慶樓，反正我們專心撲火救人就是了。」

話畢，阿萃**一馬當先**，率領潛火兵用唧筒向焚燒中的七慶樓灑水；大興亦帶著部下，不斷用麻搭撲滅著蔓延開來的火苗⋯⋯

「**轟！**」

倏地一聲巨響，嚇得圍觀的百姓四散！

百姓們回過神來，定睛一看，原來剛才的巨響並不是爆炸聲，而是七慶樓後門被破開的聲音——

黃起從門後昂然步出，一手持斧，一手抱著一個小二。雖然火背心有點焦痕，卻絲毫無損威風！

　　黃起把店小二們安置好，然後拿起唧筒，加入了滅火大軍中——

　　「火源在西側帳房，集中撲滅！」

　　黃起對部下**聲如洪鐘**的號令、百姓們對這群英雄的吶喊，漸漸蓋過了烈火的嘶叫⋯⋯

　　在潛火隊的努力下，大火終於被撲滅！

　　火災並未波及民居，百姓對潛火隊歡呼示好！

　　話雖如此，黃起仍然眉頭緊鎖，望著仍在冒著濃煙、已成一片**焦黑廢墟**的七慶樓，似乎對火災仍有疑慮。

　　「從內部起火，火勢如此急促、如此猛烈⋯⋯」他喃喃自語起來。

疑竇漸生……

「快馬趕到開封府通報……」黃起向大興下令：「這場火災，只怕並非意外……」

然後，他狠狠地踩滅了腳邊一株小火苗……

第一章・飛雲盜再現

開封府的後園。

張龍與趙虎肩並肩站著，對著涼亭，擺出準備激戰的架勢。

可是，涼亭內並沒有藏著甚麼惡人，只有石枬上一根緩緩燃燒著的蠟燭。

一片暴風雨前夕的安寧中，兩人左顧右盼，互望了一眼……

「**喝！**」

趙虎先發制人，大喝一聲，向著火苗用力打出一掌——

猛烈的掌風，刮得蠟燭上的火苗劇烈搖晃；可是，火卻沒有滅掉，反而被這麼一吹，好像燒得更旺盛了！

「嘖！」居然沒能把蠟燭隔空打滅，趙虎不甘心地緊握著拳頭⋯⋯

「嘿！看我的！」張龍瞇起眼睛奸笑著，縱身一躍翻騰到空中，然後鼓起了腮——

趙虎明白張龍的盤算，連忙喝止——可惜為時已晚！

喂！你那是犯規的呀！

張龍用力一吐，從嘴巴吐出水柱擊向蠟燭；別說是火苗，就連整根蠟燭都被射斷了！

　　「這樣子我就贏了吧？」張龍擺出一個帥氣姿態，**得意忘形**起來。

　　「你這叫犯規！說好了只能用武功把燭火打滅的！」趙虎氣上心頭地回吼。

　　「你們兩個小子……」一個怒得微微顫抖著的聲音，從涼亭另一端傳來。

　　張龍和趙虎循著聲音望去——只見被水柱噴得渾身濕透的王朝。

　　看到如此狼狽的王朝，他們笑得幾乎流出淚來！

「你們別笑！出大事了！」王朝指著張龍和趙虎，破口大罵起來。

「開封最近一片太平，能發生甚麼事呢？」趙虎**理直氣壯**地說。

王朝沒說甚麼，而是指向自己身後，一臉凝重的潛火兵大興。

「幾位大人，七慶樓城南分號，剛發生火災……」大興說道：「黃隊長認為此事**非比尋常**，因此命小人前來通報。」

聞言，張龍與趙虎登時收起了笑臉。

大興帶著張龍及趙虎，三人策馬趕向災場。

「有人受傷嗎？火勢怎麼樣了？」

張龍鐵青著臉，十分關心此事。

「我們救出了店小二，雖然有傷者，幸好火已被撲滅。」大興耐心地一一回答。

「傷勢如何？」張龍繼續追問。

「專心趕路吧，先別分心了。」趙虎打斷了張龍的話。

張龍不置可否，快馬加鞭拋離了兩人。

終於來到目的地，七慶樓的分號歷經猛火肆虐，已成一片廢墟。

潛火兵忙著將瓦礫清走；不少穿著七慶樓服裝的雜役，正在把焦黑的大木箱從廢墟內搬出。

甫一抵步，趙虎還來不及喝止，張龍就一躍下馬，跑向在旁休息的兩個傷者。

「你們家的大小姐呢？」他向其中一個小二問道。

「差大哥放心，大小姐在總號安然無恙呢……」

聞言，張龍才稍稍鬆了口氣。

「喂！你這傻瓜青蛙別擋路！」一把清脆的少女聲音，忽然在張龍身後響起。

張龍回頭一看，原來他擋住了兩個正在搬運木箱的雜役，而正在督工的人，竟是個妙齡少女。

「你又是何許人？」張龍不悅反問。

「我是七慶樓三把手小玉！你別擋著我們工作！」

「吾乃開封府捕快張龍！」張龍對小玉反吼道：「你也別妨礙官差！」

小玉一怔……

她指揮雜役們把木箱搬到馬車上，然後拉著張龍來到一旁。

「剛才在點算失物時，發現到這個東西……」她**神秘兮兮**地，從懷裡拿出一個布袋：「我說……你應該知道這是甚麼吧？」

張龍皺眉疑惑接過布袋，打開一看——

不禁露出了驚訝的表情！

趙虎留意到，兩個穿著華服，一肥一瘦的男人，正在纏著黃起。

「都怪你們**辦事不力**！要是我沈萬貫……有甚麼損失的話……」矮胖男人原來就是七慶樓的掌櫃——沈萬貫。

他氣得青筋暴現，對著黃起**破口大罵**，黃起心平氣和嘗試解釋，沈萬貫卻完全聽不進去。

趙虎向來討厭這些為富不仁、財大氣粗之人，立即氣沖沖地走上前。

你家分號失火，怎麼能算到潛火隊頭上？

趙虎對著沈萬貫怒吼，氣勢之強嚇得他後退了數步。

「別對掌櫃無禮。」身型高瘦的七慶樓總管袁修趨前擋住趙虎：「潛火隊份屬滅火救人，如今雖然救回人命，敝號卻被燒成焦炭，他們難辭其咎吧？」

趙虎辯不過這個男人，只能望著他乾瞪眼；袁修**木無表情**，卻給人一種冷峻的感覺。

「我自當負起全責。」黃起見兩人勢成水火，唯有站到兩人中間調停：「可是我察覺到……火場有可疑之處，因此才找來了開封府捕快協助。」

這時，張龍帶著小玉，回到了趙虎身邊。

「你這小子跑哪去了……」趙虎低聲地開始介紹著眼前的兩個男人：「這位是——」

沒想到，趙虎還未介紹完畢……

「沈大伯。」張龍就居然彬彬有禮地，向著沈萬貫請安。

「小龍！這個無禮的粗人，是你同僚嗎？」沈萬貫亦出奇地對張龍相當熱情。

張龍沒有回答，只是一臉嚴肅地，從剛才小玉交給自己的布袋中，取出了一枚鐵鏢。

那並非普通的手擲暗器：雲朵形狀、深藍色的精鋼，隱隱地滲著寒意……

在場眾人看到，無不色變……

第二章‧七慶樓的明珠

開封府衙的內廳中。

「這是飛雲鏢吧。」包大人皺起眉頭說道。

「**貨真價實**，我剛才已經驗證過了。」暗器專家王朝向包大人說道。

包大人、公孫策、四位捕快以及黃起，都對這枚出現在火災現場的暗器，感到無比苦惱。

飛雲盜是個肆虐開封城郊多年的大盜團伙，飛雲鏢正是其特製的暗器，絕無僅有！

他們神出鬼沒，從未試過露出蹤影，卻目無法紀，做盡**殺人越貨**之事，不少百姓官兵都成了他們鏢下亡魂！

火場出現飛雲鏢，使開封府眾人都知道，此次事件不容小覷。

「是次起火地點是帳房，貿然潛入的人決不會花時間破開門鎖。」黃起臉上掛著既不安又擔憂的表情：「只怕飛雲盜已有**細作** *……混到了七慶樓中。」

包大人從枱上拾起了一枚飛雲鏢，神色凝重地看著。

*編按：細作的意思是間諜

「飛雲盜乃朝廷重犯，且此事牽涉到七慶樓上下的安危……」包大人低頭沉思。

於情之上，本官素聞七慶樓的沈萬貫為富不仁，實在不太想與此人牽連上。在理之上，本官卻無法把此案置之不理。

包大人逐一望向四位捕快，似乎正在判斷誰是最適合這項差事的人。

王朝、馬漢、趙虎屏息以待，等候著包大人
的指令時——

　　「包大人！」張龍居然

舉起手來：

「請讓我負責這
個案件吧？」

「喂……飛雲盜可不是鬧著玩的呀……」王朝不禁叮囑張龍：「你可別**一時衝動**……」

「七慶樓的沈家與張家是世交，由他來辦案會比較方便吧？」馬漢附和著張龍。

「你這小子……恐怕只是為了到沈家享樂吧？」趙虎亦不太信任他。

然而，張龍眼裡卻透露出罕見的決意。

包大人看在眼裡，亦沒有對他的決心加以質疑，遂向張龍點點頭。

「謝大人！」張龍立即向包大人作揖。

七慶樓不愧是全國最富裕的珠寶商。

瑰麗堂皇的店面，裡面放滿了各式各樣的珍寶，店小二穿著漂亮的服裝，客人看起來，盡都**非富則貴**。

內廳裡，亦滿是奢華的裝潢；沈萬貫正在此處接待著張龍。

在旁的小玉手法純熟地沏好茶，把兩杯茶放到沈萬貫及張龍面前。

沈萬貫笑盈盈地拿起名貴茶具，向張龍請茶。

張龍拿起茶杯**一飲而盡**，接著繼續吃著枱上的精美糕點，嘴巴完全沒有閒下來。

看著張龍這副模樣，小玉不禁搖頭側目。

「幸好衙門派來的是小龍呢！」沈萬貫逗著張龍聊天：「令尊翁可好？」

「依然身壯力健，中氣十足……沈大伯有心了。」張龍禮貌地回答，然後又拿起一塊糕點塞到嘴裡。

「爹跟沈家**過從甚密**，沈大伯算是長輩。」張龍嚥下糕點，又再說道：「我一定會查明此事的。」

「小龍當上捕快可真是開封百姓的福氣！」沈萬貫說著，又替張龍倒了一杯茶。

嗯，未知張捕快有何頭緒？

小玉依然不太信任張龍，但在沈萬貫面前不好意思口出狂言，唯有試探著問道。

「黃大哥說起火地點是分號的帳房，那麼……」張龍摸摸下巴，開始思考：

犯人恐怕就是沈大伯店裡的人。

聞言，小玉按捺不住哈哈大笑起來，踱步到內廳的一角。

「持有各分號帳房鑰匙的，只有沈掌櫃、大小姐、我跟袁總管。」她語帶嘲諷地問道：「難道張捕快認為，我們幾個管事的，竟然會放火燒毀分號嗎？」

小玉回頭想繼續嗆張龍時，才發現他一下閃身溜走了！

「唉……那個傻瓜青蛙……靠得住嗎？」她掩著臉嘆氣。

「小龍從小就聰明伶俐，小玉你就放心吧。」沈萬貫氣定神閒安慰小玉，然後也跟著張龍離開了內廳。

張龍來到七慶樓總號後方的沈府，熟悉地走向書房所在。

甫剛推開門，他就看到一名纖瘦的少女——沈萬貫的掌上明珠——沈瑤瑤。

張龍之所以對七慶樓的案件如此主動，當然不是貪圖逸樂。

張沈兩家關係匪淺，他與年紀稍長的瑤瑤，可是青梅竹馬、情同姊弟。

　　義無反顧地想調查此案，無非是想保護義姊。

　　瑤瑤背著書房的門，專心一致地看著書，沒有察覺到張龍這個「不速之客」……

　　張龍躡手躡腳地來到了她背後，「瑤姐！」然後惡作劇似地大呼一聲，把瑤瑤弄得驚叫起來！

回過頭來，瑤瑤看到張龍的笑臉，亦不禁微笑起來。

「小龍！」她伸手摸著張龍的頭，彷彿在逗孩子一樣：「又來找瑤姐玩嗎？」

「本大爺可是開封府的名捕。」張龍拍拍胸脯：「這次是奉包大人之命調查失火案的！」

「我有聽小玉說過，昨晚情況非常驚險呢。」瑤瑤猶有餘悸似的：「幸好那個潛火隊的黃大人趕至，才救了我們的店小二。」

「這段時間我都會在七慶樓，你就放心好了！」張龍自信滿滿地說道。

「嘩，小龍你跑得真快……」這時，氣喘吁吁的沈萬貫也趕到了：「還好我就猜到，你一定是去了找瑤瑤。」

「果然瞞不過沈大伯。」張龍搔著頭傻笑：「官務繁忙，我都好久沒有見過瑤姐了。」

「那你們儘管聚聚吧，畢竟她快要出嫁了。」

沈萬貫笑著望向女兒：「廬州的趙家茶莊向我們

提親，我已答應了親事。」

　　聞言，張龍有點**晴天霹靂**：廬州離開封

有好一段距離，沒想過沈大伯會把獨生女嫁到遠

處去。

而且，瑤瑤的表情一下變得黯淡起來……

張龍大概能猜出，瑤瑤並不認同這門親事。然而她只是個**大家閨秀**，對於父親替自己下的決定，又無法反抗……

姐弟兩人無奈對視，欲言又止……

「趙公子可是個聰明人，就跟小龍你一樣！」沈萬貫沒有察言觀色，繼續**興高采烈**地吹噓：「而且，趙家茶莊可是全國聞名的商號，這門親事簡直就是夢寐以求呀！」

這時，袁修走進書房。

「沈掌櫃，」他打破了尷尬的沉默：「城西分號一批新貨物提前到達，恐怕小姐要在那邊留宿兩天，好完成鑑定的工作。」

「好的，袁總管。」沈萬貫向瑤瑤示意。

瑤瑤有點無奈，卻不能忤逆父親，只能點點頭，準備起行。

接著，袁修又走向張龍，目光如炬地打量著他。

「這位是張龍，我的好賢侄。」沈萬貫笑嘻嘻地向袁修介紹：「他可是開封府的神捕，請你跟張龍多多合作。」

「誠如沈掌櫃所言。」袁修一揖聽命，卻毫不掩飾對張龍輕視的眼神：「只是，七慶樓畢竟是個商號，只希望官府的工作不要妨礙到我們。」

袁修比張龍高大不少；與他面對面站著，張龍感到一股懾人的氣勢。

當然，張龍亦不是泛泛之輩。

他與袁修的視線對上，

毫不退縮。

袁總管放心，我自當拿捏好分寸。話說回來，我正想到袁總管負責的帳房看看呢。

第三章・第一個疑犯

「*噠噠……噠……噠噠噠噠……*」

算盤的珠子聲此起彼落。

帳房裡，袁修與他的四個下屬，各自對著算盤和帳本，埋頭苦幹著，完全沒有理會獨自在巡視的張龍。

張龍當然沒有聽漏小玉的話：雖然有點匪夷所思，但是，能夠自由進出七慶樓分號帳房的幾位，的確就是**最大嫌疑**的人。

張龍深知沈萬貫雖然並非甚麼好人，卻嗜財如命，不可能放火燒掉自家的分號；瑤瑤則與自己青梅竹馬，以她的性格，決不會做出如此危險的事情來。

因此，袁修與小玉，就成了張龍的頭號調查對象。

張龍對算盤用法**一竅不通**，亦看不懂帳本裡的帳目，看著眾人五指飛快動著，不消一會就把帳本上的帳目全數算清，只感到神乎奇技！

袁修察覺到張龍留意著他們工作，一下合上了帳本，鐵青著臉走向張龍。

「張龍少爺，我明白你有任務在身，但這裡畢竟是帳房重地，我們就**長話短說**吧。」

看著袁修的臉，張龍盤算著該如何開始向他盤問。

「其實我挺好奇，小玉年紀輕輕，為甚麼好像深得沈大伯信任似的？」他嘗試先以小玉來打開話匣。

聞言，袁修仰天一笑。

「別看那小姑娘長得標致可愛，其實她**城府極深**。」袁修像警告張龍似的：

昨晚的火災，恐怕又要被她大造文章……

袁修居然主動提起火災，張龍立即聚精會神起來。

張龍揚起眉頭，小心翼翼地問道。

總管此言……難道認為失火一事別有內情？

但只換來袁修的一聲冷笑。

「小玉加入七慶樓不到半年，就爬到這個位置，靠的就是不斷從我手中奪權。」

他瞥了張龍一眼：

張龍少爺甫剛來到，跟她見完面，就來到我所屬的帳房查探，難道你沒想過這是她的奸計嗎？

「的確，小玉是嫌犯之一。」張龍見袁修毫不掩飾對小玉的指控，也直接了起來：

只是，起火地點是帳房，袁總管你也脫不了嫌疑。

「我只相信清者自清，張龍少爺在調查上需要甚麼幫忙，不妨向袁某提出。」袁修如是說，

把手搭到了張龍肩上。

沉實而有力的一握。

看在張龍眼中，這個看似**木訥**的總管，似乎正在隱瞞著甚麼。

倉庫內。

雜役們忙碌地捧著大木箱，辛勤工作著；小玉拿著毛筆和清單，一邊督工、一邊點算貨物。

張龍踏進倉庫時，引來了不少雜役們的目光。

「那個不是捕快大哥嗎？」「哦！昨晚趕到火場的那個？」「不是又發生甚麼事了吧？」

面對眾人的竊竊私語，張龍只能報以微笑。

「哦？傻瓜青蛙你怎麼來了？」小玉有點驚訝。

「我可是來調查的。」他悄悄地回答小玉：「當然要四處探查一下了。」

「隨便你吧，不要妨礙到我們就行。」小玉用筆指向一個穿著工頭裝束的男人：「那大叔叫王強，是這裡的**工頭**，有需要可以找他。」

話畢，小玉就撇下張龍，繼續工作。

這個小姑娘嘴巴雖然對張龍很兇，卻又相當識趣。

張龍四處張望著，發現雜役們揮灑汗水搬著的箱子上，都有著焦黑的痕跡。

「這些都是從火場搬回來的貨物嗎？」張龍向王強問道。

呃⋯⋯捕快大哥！你觀察力真不俗！

他的笑容緊繃，狀甚不安。張龍感到他神態有異，接著問道：

有丟失貨物嗎？

没有！

「你答得倒爽快，在點算的不是小玉嗎？」

「是⋯⋯是的⋯⋯」他搓揉著雙手，十分緊張：「待小玉姐點算好才知道呢，我只是一介工頭而已⋯⋯」

張龍環視倉庫一周，察覺到雜役們對他都是充滿好奇；唯有王強一人似乎警誡著他這個捕快的到來。

這難道是**作賊心虛**嗎？

張龍瞇起眼睛看著王強；王強被瞪得冷汗直冒。

「王大哥！這邊來幫忙一下！」

呼叫的聲音傳來，剛好給了王強一個脫身的藉口。他**如獲大赦**地撇下張龍，向著跟自己求救的雜役們走過去。

張龍並沒有阻撓。

只是，在張龍心目中，王強的可疑氣息亦使他成了嫌犯之一了。

晚上，七慶樓後園的一角。

張龍找了個沒人的地方，四處踱步思考著。

「以『**持有帳房鑰匙**』來思考的話，袁修跟小玉的確是頭號疑兇。」

平日在開封府，他與另外三位捕快都經常一同討論案情；來到七慶樓，即使沒了王朝的糾正、馬漢的打渾、趙虎的反諷，張龍還是習慣性地自言自語著。

「只是，王強的舉動也很奇怪。」他繼續喃喃說著：「如果結合小玉在火場找到的飛雲鏢來看……那麼王強作為飛雲盜，能破開區區一個門鎖，也不是甚麼**奇想天開**的推測吧？」

「我說，懷疑我跟袁總管是合理的。」一把女聲在張龍身後響起：「只是，王強不可能是犯人的。」

「我可不是這麼看。」張龍摸摸下巴苦思……

——咦?! 跟我對話的是誰？

張龍一驚，回過神來，才發現小玉不知何時
竄到了他身後！

　　「我說，你耗了整天，就只得出這些毫不合
理的推論嗎？」小玉狠狠地在張龍頭上敲了一記，
像個大姐頭一樣向他**興師問罪**。

　　「光一天就把嫌犯數目縮減到三人，這已經
很了不起吧？」張龍撫著被打的頭殼，一臉無辜。

　　「我跟袁總管有帳房鑰匙，成為嫌犯是理所
當然。」小玉白了張龍一眼：「但是你懷疑王強
的理由，甚麼『飛雲盜能輕易破開鎖』……要是

成立的話，那豈不是七慶樓所有人都有嫌疑嗎？」

「話雖如此，但我觀察了一天，就只有王強對捕快如此恐懼、心虛。」張龍不服輸的辯下去：「這使他比你跟袁修更可疑呢。」

「你這傻瓜青蛙就別先入為主了，王強他——」

然後——

毫無先兆的，一下巨響傳來，打斷了兩人的爭辯。

「那是爆炸聲嗎？」張龍與小玉對望一眼，心知不妙。

他們與小玉立即打開後門，只見遠處火光熊熊，濃煙直奔天際。

「*那⋯⋯該不會是城西的分號吧⋯⋯*」小玉驚恐得聲音有點顫抖。

張龍一聽，立即臉色一沉。

「瑤姐……！」回想起早上時，張龍聽到瑤瑤即將到城西分號留宿一事。

「大小姐在分號嗎？」小玉也被嚇了一跳，看來她不知道瑤瑤原來就在那邊。

張龍沒有回答，立即運勁一躍，向著火場的方向直奔！

第四章・邂逅之火

昨晚發生的事，由城南搬到了城西，再次重演。

黃起指揮著潛火兵，正在與烈焰搏鬥！

趕到此處的張龍，看到燒得正旺的分號，再也按捺不住了！

都給我讓開！

他大喊一聲，穿過一眾潛火兵，頭也不回地跑進了火場內。

分號裡火舌四竄，張龍張嘴射出水柱滅火，開出一條路走到了店的中央。

「瑤姐！」張龍邊大喊，邊慌亂地四處張望。

火焰不斷吞噬著一切，僅穿著便裝的張龍亦被烘得難受；

可是，張龍除了找回瑤瑤外，**別無他想**！

他忽然聽到身旁那道起火的木門後，傳來了悲鳴聲。

張龍踢開了門，來到似乎是廂房的地方，發現了數個無助的店小二。

「這邊！趕快離開！」張龍領著小二們離開廂房，用水柱替他們開路，逃出生天！

小二們**戰戰兢兢**地逃離，張龍卻繼續向火場深處進發。

高溫使張龍頭昏腦脹，體力驟降，噴出的水柱也愈來愈微弱……

這時，一根被燒斷的橫樑，從張龍頭上落下！

就在他心感不妙之時——

「**咔嚓！**」

銀光一閃，橫樑被砍成兩段，張龍才倖免於難。

「果然沒看錯，你是開封府的張龍吧？」

冰涼的水潑到了張龍臉上，使他霎時回過神

來。

　　定睛一看，原來救他一命的，就是持著大斧，威風凜凜的黃起！

　　「毫無準備跑進火場，與送死無異。」黃起把大斧擱在肩上向張龍說教，同時環顧四周視察著火場：

「你還是快點回到外面吧。」

「我的義姐……瑤瑤仍然被困。」張龍不服輸地說道:「我一定要找到她。」

黃起望向張龍,只見他**眼神堅定**,沒有半點退意。

「真沒辦法呢……」黃起對倔強的張龍說道:「那我們就一起行動吧。」

張龍點點頭——

「那傻瓜青蛙,怎麼忽然提起勁來了……」小玉一臉擔憂在外面踱著步,只能乾瞪眼著急。

潛火兵們終於撲滅了門前的火,開始往內推進。

這時,袁修亦策馬趕至,看著被火焰逐漸吞噬的分號,**怒氣沖沖**地走向坐在門前,那幾名才剛險死還生的可憐店小二……

「喂!貨物呢?」袁修怒吼道。

店小二們驚魂甫定,講不出半句話,只懂不

斷搖頭。

「要是七慶樓有甚麼損失……你們幾個混帳就死定了……」袁修望著火場，又瞥向他們，怒得咬牙切齒。

「袁總管，我說，人命比財物重要吧？」小玉看不過眼，上前跟袁修理論：「大小姐，還有傻瓜青蛙都在裡面！」

袁修不以為意，對小玉嗤之以鼻。

小玉正想回嗆時，潛火兵們忽然鬧起哄來！

「隊長要出來了！」

大興與阿萃指揮部下提起唧筒，開始灑水。

水氣、濃煙、火光在正門處交織，眾人都看不清裡面發生了甚麼事……

這時，一個雄偉的身影步出——

穿著火背心的黃起，邁步而出；張龍有點氣喘，但也緊隨在後，逃出了火場。

瑤瑤就在黃起懷內，看來沒有大礙。

黃起把瑤瑤放到地上，瑤瑤腳步有點不穩，張龍緊張起來，連忙扶著她。

「大小姐！」小玉立即跑到她身邊。

「瑤小姐沒有受傷，只是被困火場太久，體力有點透支而已。」黃起安慰著小玉和張龍。

「黃大哥，感謝救命之恩……」

瑤瑤低著頭向黃起道謝。

「沒有……份內事而已……」

兩人互相凝望，氣氛有點曖昧。

「用麻搭撲火！」大興的叫聲，不識趣地在這時傳來。

黃起回過神來，原來火已差不多被撲滅，只剩一點零散的火苗。

「我……還要再看看有沒有人被困。」黃起對瑤瑤一笑。

話畢，他再拿起大斧步向火場。

瑤瑤望著他的背影，仰慕之情掛在臉上……

看到她並無大礙，小玉才放下心頭大石。

「沒想到你這麼關心我們家小姐。」小玉看到張龍為了瑤瑤奮不顧身，用手肘碰碰他以示鼓勵。

可是，張龍眉頭緊鎖，一言不發。

「怎麼了？」小玉察覺到張龍的不自然，湊到他耳邊問道。

張龍搖搖頭，眼中閃著怒火。

才剛答應過瑤瑤要保護她，沒想到當晚她就幾乎葬身火海⋯⋯

小玉與袁修，都是比自己還要晚才來到現場的；那就代表──

「王強……」

「我都說了，王強他……」

張龍氣上心頭，沒讓小玉說下去，緊握拳頭拔腿就跑。

小玉無奈地嘆了一口氣，再一次追著他而去。

第五章 · 繩之於法

　　王強帶著數名跟他來喝酒的工人，從一間酒館步出。

　　早就喝得 兩頰泛紅 的他，舉起手上的瓶子往嘴裡灌——卻發現原來裡面已經滴酒不剩。

　　王強隨手把空瓶丟走，然後從自己懷內摸出一枚金項鏈。

　　「哎，我們去別家再喝！」醉醺醺的王強望著金項鏈嘻嘻一笑，對工人們說道。

　　工人們都很好奇，王強就是一個普通工頭而已，何解會這麼闊綽，請他們喝完一家又一家呢？

　　這時，一個身影 從天而降，精準地落在王強身上，把他狠狠制伏在地！

　　那身影不是別人，正是惡狠狠的張龍！

「王強！一切給我**從實招來**！」

　　王強身邊的工人，被突然殺出的張龍，都嚇得要不拔腿就跑，要不呆立當場！

　　被牢牢按在地上的王強，不斷嘗試掙扎，卻始終無果，未能掙脫張龍的擒拿手！

　　張龍留意到，王強手上剛握著金項鏈看似**價值不菲**，絕不像是王強自己的財物。

　　這使張龍的懷疑更深！

「七慶樓的兩宗失火案，究竟與你有何關連？」

「我……我……甚麼都不知道！」王強繼續辯著。

一片混亂之間，小玉氣定神閒地剛好來到，走到了張龍身邊。

「傻瓜青蛙，我早就想跟你說……」她翹起雙手微笑著：「王強不可能是縱火犯人的。」

「現在人贓並獲，你還有甚麼好說的！」

「冤枉！小玉姐替我作主呀！」王強連連喊冤。

小玉拿出火褶，走到王強身旁蹲下，嘟起嘴巴往火褶一吹——

火光綻起，王強淒厲地尖叫起來。

「我說，王強很久以前被火傷過，單是一點火花就能把他嚇個半死。」小玉得意地收起火褶：「你指控他是縱火犯，不是個天大的笑話嗎？」

「就是嘛！」王強不斷附和著。

「**你先別吵！**」張龍敲了王強一下：「那你為甚麼看到捕快就想逃！」

小玉從王強手上取走金項鏈，瞇起眼睛才望一眼，就露出一個自信的笑容。

「王強只是個中飽私囊的小偷。」小玉把金項鏈遞到張龍面前……

這條項鏈
就是贓物。

的而且確，項鏈上刻著「七慶樓」的名字；看到這個情景，張龍不禁一呆。

「倉庫經常發生失竊事件，我暗中調查已久，沒想到被你**捷足先登**了。」小玉笑盈盈地向張龍說。

「小玉姐！我這是為了生活呀！能否網開一面？」王強哭喪著臉，不斷求饒。

「官府辦事我可管不著，但如果你把其他贓物都交出，我想差大哥會從輕發落的！」

工人的寢室外，張龍押著被**五花大綁**的王強，正在等候著。

瑤瑤從裡面步出，對張龍點點頭。

「小玉在裡面向其他工人解釋情況；我已經鑑定完畢了。」瑤瑤告訴張龍：「從王工頭那裡找到的珠寶，果然就是七慶樓之前失竊的貨物。」

聞言，王強知道自己無法再辯解，也只能泄

氣地低下頭去。

「但是……」張龍有點洩氣：「如果他不是縱火犯的話，那誰才是？」

張龍難掩臉上的失落神色。

「別氣餒，你就先回去休息一下吧。」瑤瑤安慰張龍道。

「瑤姐你也是。」張龍唯有無奈地點點頭。

然後，他就這樣把王強押走，離開了瑤瑤身邊。

第六章・潛火之開封

回到開封府，張龍終於能向三位與自己**出生入死**的兄弟，好好交代一下事件了。

「包大人派你去抓大盜，你小子居然誤中副車，抓了個小偷！」馬漢拍拍張龍肩膀調侃著他：

真的佩服佩服！

張龍對自己剛才衝動地找上王強，亦感到不好意思，只能吐吐舌頭對馬漢傻笑。

王朝細心思考著案情：

按你推斷，有嫌疑的不就只剩袁修及小玉嗎？

小玉是第一個發現飛雲鏢交給我們的，如果她是飛雲盜，應該會設法隱藏吧？

趙虎亦開始推敲。

欲擒故縱，沒聽過嗎？

「張龍你怎麼看？」王朝問道。

張龍閉起雙眼，回憶著

七慶樓內的所見所聞……

要說的話，我覺得袁修比較可疑；他是個管帳的文人，又總是散發著高手的氣息。

「小玉短短時間內，就成為了七慶樓的三把手。」馬漢依然沒放下對小玉的疑心：「她的本領也不低呀。」

「依我說，最奇怪的是：大盜團伙飛雲盜，既然能深入七慶樓之中，居然沒有偷走任何東西？」王朝沒有著眼誰是兇手，反而道出了這個**盲點**。

四位捕快無法**達成共識**，各自苦惱著。

這時，包大人來到後園，對一言不發的四人一笑；他們見狀，立即向包大人一揖，張龍亦趁

機報告了剛剛發生的第二宗火災。

　　包大人聽得入神，撫著鬍子，沉思了良久……

　　「張龍，立即通傳七慶樓，明天你與黃起兩人，到城西的遺址再作視察。」包大人緩緩地向他說：「**要是本官推測沒錯的話，只怕此案遠比我們想像的還要複雜……**」

　　茫無頭緒的四人，看到包大人親自指揮大局，立即精神為之一振！

翌日，張龍與黃起會合後，一同向七慶樓的城西分號進發。

　　如上次一樣，小玉正在督促著雜役們搬走倖存的貨物。

　　縱使沒了工頭王強，小玉依然**游刃有餘**地指揮著眾人；倒是雜役們看到張龍，無不向他投以厭惡眼神、低聲咒罵，想必是怪責張龍把他們的老大抓走了吧？

　　沈萬貫和瑤瑤竟然也在。分號接連被燒毀，沈萬貫本來內心就滿是怨氣，甫剛看到黃起，他立即**怒髮衝冠**地走到他面前。

「數天之內連續發生兩宗火災，你要怎麼解釋！」

「沈掌櫃，萬分抱歉。黃某今天親自──」

「搞不好放火的人就是你吧？賊喊捉賊，好讓你有機會裝英雄！」沈萬貫漲紅著臉，打斷了黃起的話。

「爹，黃大哥可是我的救命恩人。」瑤瑤忍不住開口。

「你這丫頭別亂說！」沈萬貫氣上心頭，對女兒破口大罵。

張龍也看不過眼。

「沈大伯可別無故指控。」他站到了黃起面前：「黃大哥今天是來助我調查事件的。要是沈大伯出手阻撓，休怪我無禮。」

「唉！」富不與官爭，縱使沈萬貫氣得踩腳，也只能撇下他們走向正在忙著的雜役那邊去了。

沒多久，就聽到他對雜役們放聲大罵；看來他把怒氣都發洩到他們身上了……

「沈大伯這種脾性，瑤姐你平日承受不少吧？」張龍對沈萬貫的無理取鬧，怒氣仍然未消。

瑤瑤有苦自己知，唯有對張龍報以一個苦笑。

三人再次踏進燒成廢墟的分號。

黃起走在前方，張龍與瑤瑤緊隨在後；踩在嘎嘎作響的木地板、嗅著那股燒焦味，張龍不禁想起昨晚險死還生的經歷。

「對了，瑤姐怎麼跑過來了？」他關切地問道：「經過昨晚的事，你還是多休息一下吧！」

「我沒甚麼大礙。」瑤瑤柔聲回答：「我聽說你跟黃大哥要過來，就想幫幫忙呀。」

她望著黃起的背影，眼神滿是憧憬。

黃起聞言停下腳步。

「那麼……今天就勞煩大小姐你了。」他轉身向瑤瑤咧嘴一笑。

三人來到帳房，各自四處查看著。

　　張龍發揮捕快本色，趴在地上，仔細查看每個角落的蛛絲馬跡。

　　黃起則只留意帳房角落，那個燒得最嚴重的書架。

　　瑤瑤畢竟是外行，只能站在一角，看著兩人各忙各的。

　　漸漸地，她的視線凝在了黃起身上。

　　黃起感覺到她的目光，與瑤瑤四目交投起來；瑤瑤給了他一個羞澀的笑容，使黃起的臉「唰」一聲漲紅了。

張龍大喊一聲從地上站起，打斷了兩人的**眉目傳情**。

張龍高高地舉起剛才發現的東西：被壓在瓦礫下的一枚飛雲鏢。

果然又是飛雲盜的所為。

張龍緊握著飛雲鏢，咬牙切齒的道。

「唔，咳……」黃起回過神來，清了清喉嚨：「而且，這次的起火點也是帳房。」他指向被燒成了灰燼的帳本及文房四寶，繼續解釋著：「帳本都是**易燃物**，的確是最適合放火的地方。」

「可是，持有鑰匙的人……」張龍細心思考：「小玉跟我在總號、袁修比我們還要晚才來到。昨晚，本來就在城西分號的……」

他驚訝起來，不禁望向瑤瑤。

小龍⋯⋯你在懷疑我嗎⋯⋯？

瑤瑤聲音微顫，有點不安。

「**那不可能吧。**」黃起當場反駁：「沈大小姐完全不像這種兇徒。」

「說的也是。」張龍附和著他，嘗試撫平內心的疙瘩。

這時，他從書架前的地上，看到一個形狀古怪的物品。

張龍把東西抽出來仔細查看，然後再遞給黃起。

瑤瑤緊緊靠在黃起身邊，兩人一看：原來是盞變了形的油燈。

「光是火，能把油燈燒成這樣嗎？」瑤瑤皺起眉問道。

張龍留意到油燈內殘留著點黑色粉末，於是手指沾上，用鼻子一嗅——

「那是**黑火藥**。」張龍開始推斷：「燈油耗盡後，燈芯變成引線一樣，慢慢燒過去把黑火

藥燃起，火勢便立即轉劇……」

　　「爆炸的火焰點燃起帳本及這裡的桌椅，所以急促蔓延開去了嗎？」黃起也是個熟悉火性的人，立即明白了張龍的話。

　　「有這個**延時裝置**的話，不論是袁修還是小玉，都有可能是犯人。」張龍點點頭。

第七章・七慶樓大亂鬥

　　包大人緊閉著眼睛，**一言不發。**

　　四大名捕及公孫策見狀，也完全不敢

作聲，生怕打斷了他的思緒。

　　　　包大人聽畢張龍的報告後，就陷入

　　　了沉思當中；這次案件恐怕真的

　　　如他所說，遠比他們所想像的要來得

　　　複雜、撲朔……

　　　　終於，包大人張開眼

　　睛。

「本官需確認數點。」他的聲音緩慢，卻帶著威嚴：「第一，飛雲鏢都是在起火地點出現；第二，失火分號的財物，全都搬回了總號倉庫。」

「是的。」張龍答道。

包大人微微一笑，疾筆一揮寫了封密函。

「恐怕我們搞錯了此案的本質。」
他把密函封好，徐徐離開了座位：「不管如何，當務之急是要阻止下次的七慶樓火災。」

「還有下一次嗎？」趙虎衝口而出問道。

「按本官推斷，七慶樓的城東分號、還有總號，都很有可能是下個目標。」包大人當機立斷：「王朝、趙虎鎮守城東分號；張龍潛回總號，繼續留守。」

然後，包大人走到馬漢面前遞出密函。

「你的腳程最快。立即送出密函，不得延誤。」

四人點點頭，齊聲聽令。

深夜，七慶樓後園一片平靜，池塘波平如鏡。

躲在暗處草叢的張龍，看到如此安寧，更感到暴風雨即將來臨⋯⋯

包大人指「**搞錯了本質**」，是甚麼意思呢？他低聲自問著。

忽然，一臉茫然的瑤瑤，從府中走到了後園。

這個危機隨時發生的非常時刻，她在這裡幹甚麼呢？張龍一手把她拉進了草叢裡。

「小龍！」瑤瑤驚魂甫定，
發現把她拉走的人是張龍，才沒
有尖叫起來。

「你在幹甚麼？」
張龍焦急地問。

然而，瑤瑤只是搖
搖頭，滿臉失落。

張龍明白那是婚事的緣故，瑤瑤從小就受到沈萬貫的溺愛、束縛，要她隻身下嫁到遠方，她想必會感到不安。

同樣出身名門的他，亦花了不少心血時間，才能擺脫家族束縛，走上了自己喜歡的道路。

但他現時只是**一介捕快**，對於瑤瑤的遭遇，可說是愛莫能助……

張龍嘆了一口氣，也不知道能如何安慰她。

「你趕快躲到安全的地方吧，包大人預計飛雲盜會再火攻七慶樓。」

聞言，瑤瑤**恍然大悟**似的，竟然露出一個異樣的微笑……

張龍感到有點詭異，卻來不及追問她笑容的意思。

因為，他留意到幾個可疑的身影在走廊上急促閃過，向著倉庫進發。

袁修領著他帳房的四個下屬，各攜著一個包袱，神色凝重地走進倉庫中。

「我們必定是被盯上了。」袁修摸著下巴說：「先把東西撤走；要是被開封府的人找到，後果堪虞。」

下屬們點點頭，然後各自散開，去到倉庫的角落打開木箱，開始把箱內的東西放進包袱裡。

大門處忽然傳來動靜，袁修**毫不猶豫**，大手一揮——

飛雲鏢破空射出，牢牢插在門上。

張龍推開步入，一手拔下了鏢。

「包大人料事如神，果然有事發生。」他笑呵呵地把玩著飛雲鏢：「我倒是沒想過，袁總管如此合作，居然把這麼珍貴的證物交給我了。」

剛才張龍故意在門外製造聲音，就是想引誘袁修露出馬腳；精神緊張的袁修**不虞有詐**，就中了張龍的計。

「幾位飛雲盜，是想偷走財物，連夜逃亡嗎？」張龍守在大門前，指向他們的包袱問道。

在開封府捕快面前，暴露出自己是飛雲盜的身份，袁修本已**百口莫辯**。

只是，他望著隻身踏入倉庫的張龍，反而從容了起來。

「**單刀赴會**的你失算了。」袁修站起來，指指身旁的四個部下：「事到如今，袁某只能除掉張龍少爺了。」

然後，他跟下屬一同打開包袱——裡面放的並不是財物，而是他們的佩刀，以及飛雲鏢！

手無寸鐵，卻要面對全副武裝的強盜，張龍心知不妙。

袁修手一揚，飛雲盜眾人立即向張龍射出飛雲鏢！

張龍隨手抄起一個圓形蓋子，權充盾牌，勉強擋住了一輪猛攻……

「面對你這種朝廷走狗，我們可是未逢敵手！」

袁修指揮著部下繼續攻擊張龍，沒給他半點喘息的機會。

寡不敵眾，為今之計，張龍只能活著離開倉庫，再找王朝及趙虎前來支援。

他一下翻滾，又再躲過兩發飛雲鏢，舉起蓋子死命衝向倉庫大門！

可惜，他的**如意算盤**，袁修可是看得一清二楚……

「大門！」袁修大叫，又向張龍腳前射出一枚鏢，逼使他停下步來。

同時，兩名飛雲盜跳到張龍面前，擋住他唯一逃生的路。

為免被四面圍攻，張龍舉著盾後退，背靠在牆上。

　　袁修跟四名飛雲盜，以半圓形的陣勢緊緊包圍著張龍，飛雲鏢如雨般落下！

木箱蓋子不消片刻，就被打出一個窟窿，張龍肩上更中了一鏢！

窮途末路。

可是，他沒有退縮，反而放下了被擊破的盾牌。

張龍怒吼著撲向袁修，把一切都賭在這捨身一擊……

「**燈蛾撲火！**」袁修冷笑一聲，摸出了兩枚飛雲鏢——

「我說，你這個『名捕』也太不像樣了吧？」

突如其來的聲音，使袁修及張龍都及時停止了互相攻擊。

張龍循著聲音望向大門：趕來的救兵，居然是拿著劍的小玉！

「趕快逃呀！你不是他們的對手！」張龍對她大叫。

「自身難保的傻瓜青蛙，就別向我說教了。」小玉從容不迫地回道。

為時已晚，飛雲盜們的鏢早已脫手而出，無情地刺向小玉……

小玉縱身一躍，輕而易舉躲過；更乘勢踢翻一個木箱砸向飛雲盜，打亂了他們的包圍網。

然後，她跳到張龍身旁，把劍交給他，再抽出纏在腰間的九節鞭。

張龍接過武器，與小玉並肩站著。

「早就知道你這個丫頭不是等閒之輩。」袁修謹慎起來：「沒想到原來是個高手。」

話音剛落，小玉一掌打穿了身旁的木箱，珠寶傾瀉而出。

她隨手抓了一把寶石，當作暗器彈出；飛雲盜眾人立即舉刀擋格。

原來這只是障眼法，因為同一時間，他們兩人奮力衝前，轉守為攻！

張龍殺到袁修面前，刀來劍往。

小玉則提起九節鞭，纏上四個飛雲盜。

她把這兵器運用得**出神入化**，時而當作長繩一樣綑綁、束縛敵人；時而揮舞起來，以棍棒一樣的打法凌屬地直擊要害。

飛雲盜從未遇過如此剛柔並濟的對手，因此小玉以一敵四仍佔上風！

雙方鬥得**難分難解**；然而袁修知道繼續拖延下來，驚動到七慶樓其他人，恐怕其他捕快會趕來支援張龍。

不宜戀戰。

「撤！」袁修大喝一聲，躲開張龍刺過來的一劍，翻身溜走了。

四名飛雲盜聽令，也紛紛向小玉發鏢壓制，看準機會離開了倉庫⋯⋯

危機終於解除。

「你可真是深藏不露。」

張龍把劍還給小玉。

然後，他緊咬著牙，拔走了肩上的鏢。

「我說，你肩上的傷沒事吧？」小玉見到他那個仍在 滲血 的傷口，不禁擔心起來。

「沒時間管這個了，我可不能讓袁修他們就這麼跑掉。」

張龍撕下上衣的袖子，把傷口包紮起來。

「恐防他們還有餘黨，請你保護好瑤姐及七慶樓。」他搭著小玉肩膀道。

小玉點點頭。

交代好之後，張龍沒有半點怠慢。

他強忍著肩上的痛楚，立即全速趕向王朝及趙虎所在的城東！

第八章・血戰城郊

　　王朝、張龍、趙虎騎著馬，全速奔向南城門。

　　方才張龍跟兩人會合後，就收到衙差通報：袁修領著飛雲盜，**強行突破**了南城門，即將逃去無蹤！

　　「喂！你的傷不要緊吧？」王朝留意到張龍肩膀的傷。

　　「沒事，截住飛雲盜要緊！」

　　「王朝你就放心好了，反正我才是戰鬥主力！」趙虎不忘笑著**調侃**一句。

　　張龍傻笑著對趙虎做了個鬼臉。

　　跟值得信賴的同伴一起，他們無所畏懼。

　　穿過城門，三人直接闖進城郊的森林中。

　　滿是泥濘、雜草的路，馬匹無法前行。

「馬兒就先留在這裡，我們徒步吧。」王朝下了判斷。

三人各自把馬繫到樹上，然後趙虎領頭、王朝殿後、張龍在中間，三人踏進了森林內。

棄馬雖然減慢了他們的速度，但地上也清清楚楚地，留下了一堆慌忙逃走的蹤跡，可謂不幸中之大幸。

他們屏息靜氣，跟隨著腳印小心翼翼地前進。

漸漸開始，感覺到有人的氣息……

三人藏身草叢內觀察。

飛雲盜的五人慌不擇路，至此已經累得無法繼續，正在路旁的空地歇息及重整。

王朝望向張、趙，沒說出片言隻語，可是兩人都明白了王朝的意思。

長久以來的合作，已使他們產生出心靈相通似的默契。

張龍從草叢中跳出，提劍襲向眾人；王朝的酒泉指環射出暗器，直取袁修！

此般奇襲，殺得飛雲盜們**陣腳大亂**，袁修亦被暗器所傷。他們顧不得反擊，紛紛倉皇逃跑！

三位捕快當然沒有算漏這一點：趙虎早已繞到空地另一端，用玄武玉腕全力一擊，活生生轟斷了一株大樹，截斷了飛雲盜的去路！

袁修**暗叫不妙**：前方被趙虎及大樹堵塞，後方則守著王朝及張龍；要是逃進兩邊的叢林，寸步難行，鐵定會被王朝的暗器射中……

飛雲盜殺氣騰騰地拔刀出鞘，四人把袁修團團圍住。他們放棄了僥倖逃跑的想法，做好死鬥的準備。

王、張、趙亦深知他們已經把五個強盜，逼進了*視死如歸*的困局……

雙方成對峙之態，蓄勢待發——

為了追截飛雲盜，四位名捕都離開了開封城。

七慶樓總號中，一個白影掠過；那是個穿著白衣、戴著面具的嬌小身影。

她一直在窺視著這個時刻……

白衣女踏進倉庫，大刺刺地走到角落一個大木箱前。

這個木箱看起來與其他的並無二致，只是蓋子被煞有介事地鎖上了。

她從懷中摸出開鎖工具，不消片刻就把鎖解開了。

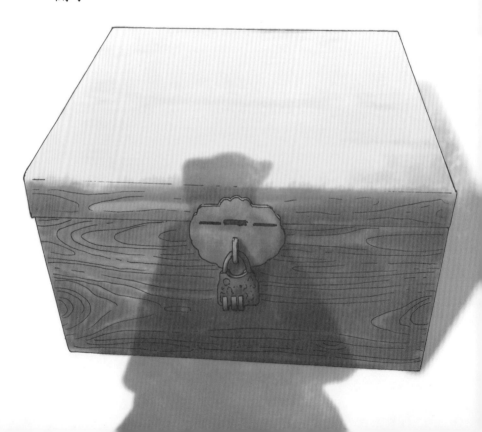

──嘎……

　　木箱裡面放的並非甚麼珍寶，而是一條通往地下的秘道。

　　她望望秘道，又環視一下身旁那些裝滿珠寶的木箱……

「終於，走到這一步了嗎？」

一下釋懷地笑了。

城郊。

捕快與強盜的決鬥，即將分出勝負。

有著部下們的捨身保護，袁修沒有後顧之憂，射出的飛雲鏢既準確又凌厲。

反之，張龍及趙虎卻已遍體鱗傷，仍在奮力躲避著飛雲鏢。

用暗器掩護張龍趙虎的王朝，被袁修的鏢壓制著，亦只能躲在樹後。

三位捕快潰不成軍，袁修豈能放過這個機會？

逐個擊破。

「轉鏢，先幹掉張龍。」袁修盯上的是張龍。

餘下的四個飛雲盜瞄準著張龍眼睛，同時向他射出致命的攻擊——

張龍傷勢最重，無力躲開；王朝及趙虎即時撲過去救援，亦**為時已晚**……

　　三人只能眼睜睜地看著飛雲鏢，無情地襲向張龍——

清脆的響聲，寒光閃過眼前。

不知何處飛來的大劍，牢牢插在張龍面前，擋住了那**致命一擊**。

一個修長的身影，落到張龍面前。

「早說過你中門空虛呀，這段時間你有努力練功嗎？」那身影回頭望向張龍，對他微微一笑。

名震天下的神捕展昭，有如**天降神兵**一樣，及時趕來救亡！

「展大哥來得正好！」王朝、趙虎見狀，亦再次看到了希望。

「喂，可別忘了我！」從樹上落下的馬漢大喊一聲，架起柳葉刀。

王朝跟趙虎扶起張龍，站到展昭身旁。

開封府最精銳的五人齊集，**士氣高昂**！

飛雲盜見狀，完全不敢妄動……

「展某還有要事在身。」展昭拔出了插在地上的巨闕寶劍，遙指袁修：

速戰速決吧。

話音剛落，展昭就提氣運氣攻向飛雲盜！

飛雲盜們慌張起來，一股腦兒地胡亂把鏢射向展昭。

然而展昭**臨危不亂**，揮劍把鏢都擋了下來，如入無人之境！

在展昭掩護下，飛雲鏢不再可怕；四大名捕緊隨他身後，亦殺了過去。

迅雷不及掩耳之間，展昭已來到袁修面前，巨闕寶劍狠狠刺進袁修肩膀。餘黨亦很快被四位捕快制服了！

趙虎及馬漢把飛雲盜全員牢牢綁起，飛雲盜一案亦正式拉下帷幕。

展昭見狀，亦收劍入鞘，準備離開。

「展大哥，幸好你及時出現。」王朝替張龍療傷時，不忘向展昭道謝。

「沒想過你們⋯⋯連區區幾個強盜都打不過。」展昭嘆氣搖頭：「你們好好善後，我還另有任務。」

「展大哥意思是⋯⋯你不是回來對付飛雲盜的嗎？」張龍有點詫異。

「七慶樓的危機，根本就不是源自飛雲盜。」

張龍一懍。

展昭沒再說甚麼，一下發起輕功，身輕如燕地離開。

張龍只顧追擊飛雲盜，一心以為只要把他們**一網成擒**，就能確保七慶樓、瑤瑤的安全⋯⋯

想到這裡，他不禁**汗毛直豎**！

張龍撐起受傷的身軀，跟上展昭。

王朝，我要
跟展大哥一
起趕回去。

第九章 · 終結之火

　　展昭及張龍趕到七慶樓總號時，這裡已成了一片火海。

　　黃起再一次領著潛火隊，奮力撲救。

　　此情此景，使張龍**一臉茫然**：沒想到，他們雖然把飛雲盜一網打盡，卻來不及制止下一場火災……

　　旁邊那些被救出的傷者，只有沈萬貫、小玉以及其他小二雜役，不見瑤瑤蹤影。

　　大半的家當毀於一旦，沈萬貫一臉呆滯，沒心情再怪責黃起。

　　「瑤姐呢？」張龍蹣跚地走到他身邊，揪起沈萬貫的衣襟問道。

　　沈萬貫指向火場，**欲哭無淚**，說不出話來。

面對七慶樓的熊熊烈火，張龍堅決地走到黃起身邊，拿起一件火背心。

　　黃起拉住他，從他手上取過火背心。

　　「放心，我會把大小姐救出來的。」黃起表情堅定。

　　「黃大哥……拜託了。」張龍只能託付他。

　　黃起提起大斧，走進了火場內。

　　然後，早就**筋疲力盡**的張龍，軟弱無力地坐到地上。

　　熾熱的火焰，完全沒有動搖到瑤瑤的心。

　　家中的火勢**一發不可收拾**，她早就錯失了安全離開的機會。

　　然而，她只是坐在床上，內心一片平靜。

　　因為她深信，那個男人必定會再次找到她，帶她逃出生天。

　　瑤瑤閉上了眼睛。

「要是自己能像小龍那樣，鼓起勇氣過著獨立自主的生活，我也不用落得如斯田地了吧？」想到這裡，她不禁黯然。

潸然淚下。

要是跟他連最後一面也無法見上的話，她寧可葬身火海，也不願委身下嫁一個素未謀面之人⋯⋯

「大小姐⋯⋯瑤瑤！」

她睜開了眼睛，走到臥室門前細聽⋯⋯

「大小姐！你在哪裡？」的確，那就是她朝思暮想的人。

那個跟烈焰搏鬥的男人——黃起！

「黃大哥！」她打開了門。

黃起就在不遠處，四處尋找著自己。

瑤瑤喜極而泣，不管火焰燒灼著肩膀、雙腿，只是不顧一切地向他飛奔過去！

忽然，「咔」的一聲，一根燃燒著的
橫樑倒下，直砸向瑤瑤的腦袋……

黃起大喊一聲，舉起大斧劈下！

橫樑**一刀兩斷**，落到瑤瑤兩旁的地上。

終於，瑤瑤再也克制不住，一下投進了黃起懷中⋯⋯

張龍看到黃起抱著瑤瑤離開火場，緊繃的心情這才放鬆下來。

看到她幸福的表情，張龍這才明白：原來瑤瑤喜歡上黃起，卻又被婚事纏繞。

望著這雙**苦命鴛鴦**，張龍不禁苦笑，只能感到惋惜⋯⋯

展昭一直目光如炬，凝視著火場。

潛火兵繼續努力撲救，火勢漸漸受控。

「最後的火也滅掉了，是時候來個了斷。」展昭見狀，把劍擱到肩上。

他緩緩步入傷者之間，來到坐在地上的小玉面前，彎下腰對她微笑。

聞言，小玉怔住了；在她失神的瞬間，展昭提劍劈向小玉！

小玉霎時反應過來，抽出九節鞭往上送，擋住了展昭的一劍。

高手開戰，眾人紛紛走避。

小玉翻身站起，揮舞著九節鞭，呼嘯作響。

展昭屢次強攻，劍勢都被一一擋住，完全無法觸碰到小玉。

小玉反守為攻，九節鞭被她使得像條靈蛇一樣，在各個刁鑽的角度刺向展昭，逼得他節節後退！

展昭看穿小玉的招數，明白她無意取自己性命，只想爭取空間逃走。

因此他兵行險著，以手臂忍痛硬接小玉數下狠擊，向她步步進逼……

展昭看準機會，抓住了鞭頭——

使力用巨闕寶劍把九節鞭劈斷，旋即提刃抵

住小玉咽喉！

　　展昭由衷向她道：

能與展某鬥個難分難解，果真聞名不如見面。

　　事已至此，縱然小玉不甘心，也知道勝負已

分……

「你……你這頭臭貓……」她只能板著臉丟下剩餘的半截兵器，向展昭投降。

張龍看得傻了眼：那個單挑飛雲盜的展昭，居然被小玉逼成平手？

而且，小玉可是從飛雲盜手上救了自己，展昭為何忽然攻擊她？

事件看似已經結束，但張龍心中的疑問，不減反增……

第十章 · 三個真相

　　府衙外聚滿看熱鬧的群眾，七嘴八舌，好不熱鬧。

　　隨著包大人走進公堂，衙差們開始廷杖擊地……

　　「威——武——」衙差低吟起來。

　　包大人一拍驚堂木，響徹公堂。

　　群眾也就靜了下來。

「傳犯人，袁修、小玉！」公孫策大呼一聲，
衙差立即把兩人押到公堂之上，跪在包大人面前。
　　「七慶樓此案可謂**錯綜複雜**，看似是飛
雲盜的連環縱火案，其實是三起不同的案件互相
交織。」包大人逐一打量面前兩個犯人：「本官
必須逐一審理。」

「三起事件……？」正在聽審的沈萬貫驚訝起來。

「第一，最為明顯的一宗！」包大人怒目瞪向袁修：「以七慶樓總管一職，掩飾飛雲盜頭子身份，潛藏開封，證據確鑿。袁修！有何抵賴？」

「要宰要殺，悉隨尊便。」袁修深明大勢已去，也不作無謂辯駁。

「袁修！我待你不薄，為何要燒我家的店？」沈萬貫指著袁修怒罵。

袁修回頭對沈萬貫報以不屑的冷笑。

「肅靜！」包大人再拍驚堂木：「這就是第二起事件：七慶樓分號的兩次火災，均不是飛雲盜所為！」

在場的人 無不嘩然，就連在場的四位捕快，亦露出驚訝的神色。

「雖然王朝鑑定過，火場發現的飛雲鏢貨真價實。為何向來精通隱匿的飛雲盜，居然會屢次不慎遺下獨門暗器，暴露行蹤？

「原因只有一個：縱火者是七慶樓中人，發現了袁修等人私藏的飛雲鏢，想要把火災栽贓到飛雲盜身上。」

神秘的縱火者，又是誰呢？

「從張龍的話中，本官開始懷疑，藏身七慶樓的除了飛雲盜以外，還有一名遠比他們厲害的人物。」

包大人把目光移到小玉身上……

來歷不明的年輕少女，擅於操弄人心，短短半年就得到沈萬貫的信賴！你就是陷空島的錦毛鼠──**白玉棠**吧？

「不愧是開封府包青天呀。」小玉點點頭，像個被拆穿惡作劇失敗的孩子一樣苦笑：「只是，留下飛雲鏢可不是栽贓，而是為了順道告訴包大人，飛雲盜在七慶樓。」

小玉直認不諱，這使張龍恍然大悟。

陷空島五鼠，同樣是個盜賊團伙。然而不像飛雲盜，她們五姊妹各懷本領，更以劫富濟貧為己任，被百姓冠以「俠盜」之名。

話雖如此，她們**犯案累累**，對朝廷來說卻是必須緝拿的欽犯。

難怪包大人嚴陣以待，更要發出密函把展昭召回……

「沈萬貫**為富不仁**，人所共知。白玉棠你兩次燒毀七慶樓分號，為的就是把財物聚集在總號，好讓你一次盜取。」

「盜取後再還富於民，包大人可別說漏。」小玉調皮地說道。

「等等，七慶樓總號不是也燒了嗎？」群眾當中有人提出問題，又惹來一陣哄堂的低語聲。

包大人三拍驚堂木。

「七慶樓總號，第三起事件……」包大人臉上，掠過半點難色：「真兇另有其人……」

「**傳犯人，沈瑤瑤！**」公孫策再次通傳。

張龍實在不敢相信自己的耳朵！

堂上的衙差聽令，立即把瑤瑤押到堂前跪下。瑤瑤毫無反抗，倒是沈萬貫急了。

「喂！包拯你甚麼意思？」他指向包大人罵道！

「這是甚麼回事？」張龍也看不下去，走到了包大人面前：「瑤姐為甚麼要放火燒家？她當時可是被困火場呀！」

「**公堂之上，休得無禮**。」展昭出言喝止兩人。

「沈瑤瑤……你可知罪？」包大人沒有厲言審訊，而是柔聲地向她問道。

「民女知罪。」臉如死灰的瑤瑤低下頭，默默地流出了淚水。

群眾再一次**竊竊私語**。

「沈姑娘邂逅了潛火隊的黃起隊長，兩人互相傾慕。但沈姑娘被父親強行訂下婚約，與開封離別之期將至。」

包大人憐惜地望向瑤瑤：「沈姑娘不知道黃隊長身在何處，可是經歷過兩次火災後，她知道了一個可以召來黃隊長的方法。」

包大人沒有再說下去，在場眾人都在噤聲，等待著包大人揭曉答案。

唯獨是張龍回想起某事，立即虎軀一震——

包大人預計飛雲盜會再火攻七慶樓。

那晚瑤瑤聽到這句話後，露出的詭異笑容⋯⋯

「對瑤姐來說⋯⋯只要發生火災，黃大哥就會前來營救⋯⋯」張龍氣若游絲地說：「所以，她就把心一橫⋯⋯」

——在自己家中起了火。

這句話誰也沒有說出口，卻所有人都意會到。

曲折離奇的真相，被包大人一一拆解。

到了判決之時，公堂上的所有人，都把目光放在瑤瑤那孤苦伶仃的背影上。

究竟包大人對這個**痴情少女**，判下甚麼刑罰呢……

「袁修、白玉棠，兩人罪犯滔天，先行收監。」

衙差們聽令，上前押走兩人。

「沈瑤瑤……你沒有心懷惡意，卻因一念之差，危害到七慶樓總號。」包大人望著瑤瑤，沉思片刻：「**死罪可免，活罪難饒**。本官把你驅逐到開封城外，從此不得再與沈家牽上關連。」

「包大人！瑤姐可不是甚麼兇徒！」張龍情急，顧不得禮節，開始向包大人求情……

「你把一個女孩趕到城外，
　跟要了她的命有何分別？」

「張龍你可是捕快，理應明白本官如此判決，

已是格外開恩。」包大人沒多說半句……

張龍眼白白看著瑤瑤被衙差押走，一臉不忿。

王朝、馬漢、趙虎亦替瑤瑤感到可憐。

但他們也明白，包大人身為朝廷命官，又怎能**感情用事**，放過犯下彌天大錯的瑤瑤呢？

第十一章・錦毛鼠與鑽天鼠

展昭來到牢中。

「嗯？來探望小玉嗎？」

小玉──白玉棠神態自若，要不是她手腳扣著鐵鐐，被關在牢房之中，根本就不像個束手就擒的犯人。

反倒是展昭，雖然剛剛大破飛雲盜、生擒錦毛鼠，依然一臉**如臨大敵**的神色。

「你的計劃還有最後一步吧？」展昭向她問道：「七慶樓總號的倉庫，被偷走了大批珠寶；你把贓物都藏到哪了？」

白玉棠對展昭露出甜美的微笑。

「到了明天早上，贓物就會分發到開封城內，變成各戶窮苦百姓的財產。」她挑釁似地望著展昭：「展大俠要把全城的人都抓進來嗎？」

展昭屬目盯著白玉棠片刻。

然後沒再說甚麼，就轉身緩步離開。

「臭貓，我們還未分出勝負呢。」白玉棠向著展昭的背影笑道：「**改天再戰吧**。」

展昭沒有回答，默默地離開了監牢。

原來，包大人正在外面等候著。

「按白玉棠所言，只怕其餘四鼠亦將會來到開封，取回她藏起來的珠寶。」展昭向包大人說道。

包大人摸摸鬍子，他當然早就明白：不論陷空島五鼠有著甚麼計劃，其餘四鼠都定會傾巢而出，不惜一切救出**身陷囹圄**的白玉棠。

「光是錦毛鼠一人，已弄得開封天翻地覆；五鼠齊集想必會惡鬥連場……」包大人把手上的五星護甲，交到了展昭手上。

展昭毅然接過護甲披上！

那就兵來將擋，水來土掩，
屐某將奉陪到底！

七慶樓總號的遺址，瓦礫微微動了起來。

看守的兩個衙差聽到動靜，驚恐地對望一眼：這地方不是**鬧鬼**了吧？

「碰！」

瓦礫忽然破開，跳出一個身材修長、戴面具的**黑衣少女**，兩招之間就把衙差擊得不省人事。

黑衣少女回頭望向地上那個破洞。

那正是白玉棠從倉庫找出、沈萬貫用作走私珠寶的地道。白玉棠早就乘著捕快們追擊飛雲盜之時，把大部份珠寶都藏到了秘密地道裡。

發現四野無人後，黑衣少女吹響了口哨。

然後，地道又再鑽出三個與她一樣裝束的人，開始把珠寶搬出，準備到城內分發。

黑衣少女則**身輕如燕**地翻騰數下，來到倉庫屋頂上。

居高臨下，環視一遍深夜的開封城，最後把目光停留在開封府。

「小玉，姐姐們很快就來接你了。」她摘下了面具，暗中起誓。

如此身手不凡的女性，儼然就是五鼠中的大姐，鑽天鼠——

盧芳！

第十二章 · 希望之火

開封府的內廳，包大人對展昭及四位捕快，如常分配著工作。

「展昭闊別開封已久，現重拾**捕頭**一職，王朝你帶他熟習一下城內環境。趙虎率衙差，繼續搜索七慶樓被盜的珠寶。」包大人把一封信交給馬漢：「馬漢，替我帶個消息給黃起隊長。」

「遵命！」眾人精神地齊聲聽令，紛紛散去。

只剩下包大人與板著臉孔的張龍。

「至於張龍，押送沈姑娘一事就有勞你了，只消把她帶到驛站，自會有人接應。」

張龍懶得說甚麼，隨便虛應了一聲。

他離開內廳，**心不在焉**地走向牢房時，在走廊上與公孫策擦身而過。

「公孫先生！」

張龍叫住了他，然後慢慢走近，從懷中掏出一封信。

信封上寫著「辭呈」。

公孫策看到張龍的表情堅決，彷彿已沒有商榷的餘地。

「你的抉擇我不便左右，但是沈姑娘已準備好了，先把她送走，此事回來再辦吧？」公孫策笑了，並未接過辭呈。

張龍無可奈何，唯有先聽從他的話，收起了信封。

張龍帶著瑤瑤離開了城，沿著包大人定下的路線走著。

　　然而天公不造美，他們出城不久，就下起傾盤大雨，兩人只能在一間破廟內暫避。

　　張龍拾來一堆乾草，用火褶生了個火，讓瑤瑤取著暖。

　　「瑤姐，待雨停下來後我先把你送到驛站。」張龍探頭望著惡劣的天氣：「我回開封城打點好一切後，就一同去投靠我爹吧。」

　　「小龍！」瑤瑤有點驚訝：「你要**放棄**做捕快……回到家中嗎？」

　　張龍望著火光沉思，沒有回答。

　　「我可沒有怨恨包大人呀。」瑤瑤柔聲向張龍說。

　　「我一直認為包大人 **公正無私**，是我們的榜樣。」張龍搔著頭：「可是，我無法接受這種不近人情、冷酷的正義。」

「我是個帶罪之人，但包大人反而讓我脫離爹的束縛，還我自由。」瑤瑤開玩笑的道：「要說的話，他既公正，又不冷酷呢！」

望著她的笑容，張龍**百感交集**……

這時，一個穿著簑衣的身影步入破廟。

張龍頓時反應過來，拔劍警戒。

「瑤瑤……？」來者竟然是**黃起**！

瑤瑤毫不猶豫奔向黃起，撲入了他的懷中。

黃起亦張開雙臂抱住了愛人。

「黃大哥，你……」張龍搞不清怎麼回事。

「馬漢忽然傳來包大人的消息：情況危急，立即趕到城外驛站。」黃起笑逐顏開：「沒想到……剛好遇上了你們……」

——「才不是『剛好』呢……」

張龍沒有明言，卻心知肚明。

包大人所說的「驛站有人接應」，指的原來就是黃起。

瑤瑤與黃起終於能在一起了，看到這個情景，張龍不禁動容。

鼻子一酸，眼眶的男兒淚幾乎就忍不住。

「**黃大哥，往後的事就交給你了。**」他立即轉身，不想被瑤瑤看到自己的哭相。

「小龍。」

「瑤姐不用擔心我呢，王朝他們還在等著我回去。」

張龍頭也不回，步出了破廟。

來到門外的簷下，他從懷中拿出了辭呈，用火褶點燃。

辭呈**化為灰燼**，落到地上。

張龍亦冒著雨、策馬趕回開封府去了。

下回預告

【第七期】

名震天下的俠盜陷空島五鼠駕臨開封！她們弄得開封城烽煙四起，更趁機佔據府衙劫持包大人……這一切，都是為了要脅朝廷，釋放她們被困牢獄的五妹白玉棠。

重披五星護甲的展昭，率領著四大名捕，與五鼠展開連場惡鬥！重重危機之間，展昭猛然發現……原來五鼠鬧東京的背後，竟潛藏著一個更大的陰謀！

夏季出版！

包包

文史哲教室

古代滅火英雄——潛火隊

包大人的開封府衙，維持治安、抓賊緝兇，處理的是「人禍」。而負責滅火救人，撲滅災害的機關，就是潛火隊了。

包拯身處的宋朝年間，曾發生過多起火災，最嚴重的一次甚至把皇宮都燒掉了，逼得皇帝也要搬家！為了防治火患，當時的朝廷就建立了專門應對的機構，也就是黃起所屬的「潛火隊」。

潛火隊的成員，都是受過專業訓練的潛火兵，屬於軍隊編制，享有比較豐厚的俸祿。《東京夢華錄》中提到，當時的汴梁（開封）城內，滿是稱為「望火樓」的瞭望塔；每當望火樓的警報一響，潛火兵就要立即行動。要是怠慢的話，會受到軍法處置；如因救火而受傷，朝廷亦會負責治療及給予犒賞賠償。

面對熊熊烈火，潛火隊當然不是赤手空拳就能完成任務。據《夢梁錄》所載，朝廷給予他們的器具，包括了運水用的桶索、水袋，灑水用的唧筒，撲火用的麻搭，進入火場需要的火背心及斧鋸，甚至還有著雲梯！

如此精良的編制及配備，使宋代的潛火隊被稱為「世界上最早的專業消防機構」！

今期收錄的成語

成語	釋義	頁數
察言觀色	觀察人的言語神情以揣測對方的心意。	p. 36
夢寐以求	連睡夢中都在尋找、追求。形容願望強烈、迫切。	p. 36
目光如炬	形容目光有神，眼光亮亮像火炬。	p. 37
匪夷所思	匪：即非；夷：通「彝」，指法度、常規。全句即不是根據常理所想。形容人或事物的反常、離奇或複雜。	p. 39
一竅不通	本指人體七竅中，有一個心竅不通。後用以比喻人一無所知。	p. 40
神乎奇技	形容手法、技巧極為高明巧妙。	p. 40
竊竊私語	形容私下低聲說話。	p. 44
作賊心虛	比喻做壞事怕人察覺而內心不安。	p. 46
如獲大赦	大赦，是指由國家政權或國家元首發布命令，對所有罪犯免刑或減刑的措施。如獲大赦，指做錯事但得到赦免。	p. 46
戰戰兢兢	戰戰：恐懼的樣子；兢兢：小心謹慎的樣子。形容非常害怕而微微發抖的樣子。也形容小心謹慎的樣子。	p. 52
威風凜凜	凜凜：可敬畏的樣子。形容威嚴可畏，氣勢逼人。	p. 53
嗤之以鼻	嗤：譏笑。用鼻子發出冷笑聲；表示輕蔑；看不起。	p. 55
繩之於法	繩：準繩；引申為制裁。用法律作準繩，給予制裁。	p. 60
中飽私囊	中飽：從中得利。指侵吞經手的錢財使自己得利。	p. 63
捷足先登	登：方言「得來」的合音。腳步快的先得到。比喻行動敏捷的人優先達到目的。	p. 64
欲擒故縱	擒：捉；縱：放。故意先放開他，使他放鬆戒備，充分暴露，然後再把他捉住。	p. 67
游刃有餘	游：運轉；刃：刀鋒。餘：空餘。刀刃運轉於空隙中，大有餘地。指一點也不緊迫。	p. 70
怒髮衝冠	指憤怒得頭髮直豎，頂著帽子。形容極端憤怒。	p. 70
賊喊捉賊	做賊的叫喊捉賊。比喻轉移目標；混淆視聽以逃脫罪責。	p. 71
蛛絲馬跡	蛛絲：蜘蛛絲；馬跡：馬蹄印。比喻隱約可尋的線索。	p. 73

成語	釋義	頁數
慌不擇路	勢急心慌，顧不上選擇哪條道路才對。	p. 95
陣腳大亂	軍隊或團體原先的布置、安排失去秩序。	p. 96
寸步難行	寸步：寸步之路；形容距離非常短。連如此短的路程也難於前行，形容應付的事件很困難。	p. 97
殺氣騰騰	殺氣：兇惡的氣勢；騰騰：氣勢旺盛的樣子。指殺伐之氣很盛；兇神惡煞的樣子。	p. 97
視死如歸	把死看得像回家一樣平常。形容不怕犧牲性命。	p. 97
蓄勢待發	儲備隨時可以展現的實力，待機而發。	p. 97
煞有介事	真像有那麼一回事似的。把事情說得很嚴重的樣子。	p. 98
後顧之憂	顧：回頭看。來自後方的憂患。指在前進過程中，擔心後方發生問題。	p. 100
遍體鱗傷	遍：普遍；全面；鱗：魚鱗。全身受傷，傷痕像魚鱗一樣密。形容傷勢很重。	p. 100
潰不成軍	潰：散亂。軍隊被打得七零八落；敗得不成樣子。形容軍隊慘敗。	p. 100
一網成擒	全部抓到，不留遺餘。	p. 106
毀於一旦	一旦：一天。指得來不易的東西，一下子就毀掉了。多指長期勞動的成果或來之不易的東西一下子被毀滅掉。	p. 108
欲哭無淚	想要哭，卻沒有眼淚。形容悲痛至極。	p. 108
筋疲力盡	筋：筋骨，疲：疲勞，盡：完。形容非常勞累；力氣已經用盡。	p. 108
逃出生天	脫離困苦環境或逃離災難，漸入佳境。	p. 109
潸然淚下	潸然：流淚的樣子。形容眼淚流下來。	p. 110
素未謀面	謀面：見面。指平素沒有見過面。	p. 110
朝思暮想	從早到晚思念不已。形容思念之深切。	p. 110
喜極而泣	高興到了極點而落下淚來。	p. 110
不顧一切	顧：顧惜，眷顧。甚麼都不顧了。	p. 110

創作 / 繪畫	余遠鍠
故事 / 文字	何肇康
監製	余兒
封面設計	faminik
內文設計	siuhung
編輯	小尾
校對	萍
出版策劃	知識館叢書
出版	創造館
	CREATION CABIN LTD.
地址	荃灣美環街 1-6 號時貿中心 6 樓 4 室
查詢電話	3158 0918
發行	泛華發行代理有限公司
	香港新界將軍澳工業邨駿昌街七號二樓
印刷	高科技印刷集團有限公司
出版日期	2020 年 12 月
ISBN	978-988-75064-2-3
定價	$68

本故事之所有內容及人物純屬虛構，
如有雷同，實屬巧合。